W9-BJO-957

Texte : Anique Poitras
Illustrations : Céline Malépart

Anique et
Irène la sirène

À PAS DE LOUP

Niveau

1

J'apprends à lire

Dominique et compagnie

À pas de loup avec liens Internet

www.dominiqueetcompagnie.com/pedagogie

ouvre la porte à une foule d'activités pour les enfants, les parents et les enseignants. Un véritable complément à l'apprentissage de la lecture !

**Catalogage avant publication
de Bibliothèque et Archives Canada**

Poitras, Anique.
Anique et Irène la sirène
(À pas de loup. Niveau 1, J'apprends à lire)
Pour enfants.

ISBN 2-89512-488-4

I. Malépart, Céline. II. Titre. III. Collection.

PS8581.O243A75 2006 jC843'.54 C2005-942020-0
PS9581.O243A75 2006

Directrice de collection : Lucie Papineau
Direction artistique et graphisme :
Primeau & Barey
Dépôt légal : 1er trimestre 2006
Bibliothèque nationale du Québec
Bibliothèque nationale du Canada

Dominique et compagnie
300, rue Arran, Saint-Lambert
(Québec) Canada J4R 1K5
Téléphone : (514) 875-0327
Télécopieur : (450) 672-5448
Courriel : dominiqueetcie@editionsheritage.com
www.dominiqueetcompagnie.com

Imprimé au Canada

10 9 8 7 6 5 4 3 2 1

Nous remercions le Conseil des Arts du Canada de l'aide accordée à notre programme de publication.

Nous reconnaissons l'aide financière du gouvernement du Canada par l'entremise du Programme d'aide au développement de l'industrie de l'édition (PADIÉ) pour nos activités d'édition.

Nous reconnaissons l'aide financière du gouvernement du Québec par l'entremise du Programme de crédit d'impôt pour l'édition de livres – SODEC – et du Programme d'aide aux entreprises du livre et de l'édition spécialisée.

À Francine,

Belle et gentille comme une sirène. Née Langis, elle est devenue Poitras pour le plus grand bonheur d'une petite Anique.

À toi qui découvres la lecture,

Je te présente Anique, l'héroïne de ce livre et de plusieurs de mes romans. La lecture est une grande aventure… Je te souhaite beaucoup de plaisir en compagnie de ta nouvelle amie!

Dans mon village fabuleux,
il y a beaucoup de rumeurs.

Aujourd'hui, c'est la panique.
Il paraît qu'un monstre hante la mer.

Des pêcheurs ont vu le monstre.
Terrifiés, ils ont laissé tomber leur filet.

Moi, Anique, je veux éclaircir ce mystère.

Je me rends à la plage. Zut! Je trébuche
sur une huître et tombe par terre.

J'aperçois le filet des pêcheurs...
rempli d'algues.

Oh ! Oh ! Le filet bouge.
Je me relève.

Une main attrape mon mollet.
La main… du monstre ?

Je veux me sauver. Impossible !
Le monstre me retient.

J'ai très peur mais j'essaie
de garder mon calme.

D'une voix douce, le monstre me
raconte son histoire :

« Il y a très longtemps, une vieille sorcière marchait sur la plage en s'aidant d'une canne.

Le pommeau de sa canne était une pierre
précieuse en forme d'œuf.

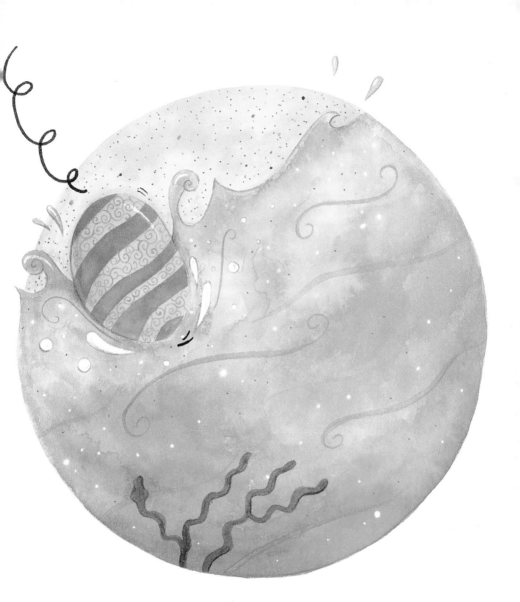

Soudain, l'œuf s'est détaché et
a roulé jusqu'à la mer.

La fée des eaux a couvé cet œuf. Au bout
de quelques jours, l'œuf s'est fendillé.

Une petite sirène en est sortie.
C'était moi ! Je m'appelle Irène.

Mais aujourd'hui, des algues
me retiennent prisonnière.

Les pêcheurs m'ont prise
pour un monstre!

Tous ont fui. Tous, sauf une
courageuse petite fille... »

La courageuse petite fille,
c'est moi, Anique.

Je libère la sirène échouée. Sous les algues,
je découvre sa queue de poisson…

… son visage et ses mains humaines.
C'est une vraie de vraie sirène !

Avant de repartir, Irène m'offre un cadeau :
l'huître sur laquelle j'ai trébuché.

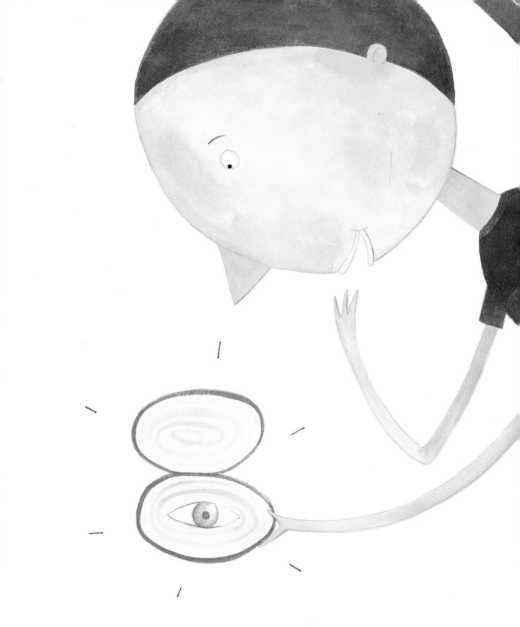

Génial ! À l'intérieur, il y a une perle en forme
d'œil. On dirait un des yeux d'Irène.

J'apporte la perle au musée du village
pour que tous puissent la voir.

Je raconte mon aventure avec la sirène.
Zut de zut ! Personne ne me croit !

Mais une rumeur se répand : « Il paraît qu'un œil de sirène a été trouvé dans une huître. »

Avec le temps, tout le monde pense
que c'est une légende.

Moi, Anique, devenue grande, je vous
assure que cette histoire est vraie.